활에 기대다

활에 기대다

정우영 시집

반걸음

시인의 말

여기와 저기 사이에서 헤맨 시간이 길었다.
내게 와 얹혀 떠도는 입김 같은 것들을 불러 모았다.
아련하게나마 형태가 어른거려 내려놓는다.

이곳이 나다.
활活의 숲이 싱그럽다.

차례

3부

4부

5부

1부

밥값

밥에게 면목이 없다.
헛된 궁리만 머릴 달군다.
방에 처박혀 얼굴 지우고
웅크린 채 굶는 중이다.
누가 내게로 와서 내 몸에 숨쉬는
한 톨의 농사 꺼내줄 수 없을까.
이러다간 밥과 나 사이에
거미줄이 쳐질지도 모를 일이다.
한때는 나도 꽤는 바지런했으나,
밀쳐지고 내몰리자 손이 밭아졌다.
메마른 숨결 힘껏 짜내어
모처럼 시 한 줄을 말았다.
밥에게는 정녕코 미안한 노릇이나
이걸 밥값이라고 내어놓는다.
가난한 영혼은, 허기라도 끄시라.

허기에 먹히다

—고독사,들

혼자서 뭐 하는 거야?

이렇게 깜깜하게 누워서.

그런가. 이러면 안 되는 건가.

한데 참 이상하지?

낯설다는 생각은 들지 않았어.

오히려 얼마나 고맙던지.

이 작은 자리에 머물러 있다는 게.

따뜻한 햇살 느낄 수 있다는 게.

맛있는 김밥 먹고 싶다는 게.

고소한 강냉이 코에 닿는다는 게.

이런 느낌 오랜만이야.

부러움도 안타까움도 없어.

장사치 외치는 소리들로

귀는 붕붕 떠오르고

허기를 씹는 입도 즐거워.

그 어떤 호출도 없이

누군가의 신호도 없이

며칠 동안 나 홀로 가득 찼어.

정신은 개나 물어 가라지.
얼마나 나른했는지 몰라.
아이들에게는 정말 미안해.
걔들 떠올리니 눈 밑이 달궈지네.
원망하지나 않았으면 좋겠는데.
방바닥이 날 잡아먹나 봐.
도저히 눈이 떠지질 않네.
어이, 잠들면 안 돼.
후딱 일어나 봐.
깨어서 저 밖을 좀 보라고.
벚꽃들이 팝콘처럼 터지고 있어.

활에 기대다

하늘에 반쯤 걸린 일곱의 활이 나란히나란히 구부러져 물에 내린다. 몽환인가. 도취된 내가 물가에 다다르자 물이 몸을 끌어당긴다. 허우적이던 내 발이 활처럼 휘어져 물을 접는다. 수많은 물의 기원들이 받쳐준 일곱의 활로 나는 거뜬해진다. 당신에게도 내 접은 물과 부력의 활을 나누어드리고 싶다. 활이 생성한 물은 다시 활活이 될 것이다. 일곱 하늘에 일곱의 활이 떠서 지구의 물을 접고 접는다. 창궐하는 역병을 물리치고 이 활은 신세기의 첫 번째 모체가 될 것이다. 나는 활에 기댄다.

현묘한 고양이

당신도 그러한 때 있으신가요.
나른하게 졸고 있는 봄날 저녁에,
현묘한 시상님이 갑자기 오셨어요.
일생에 한 번 올까 말까 한 기회라,
황송해서 머리털 꼿꼿이 섰는데요.
제가 채 붓을 꺼내 들기도 전에
현묘란 냥이가 튕겨 나와서는
홱, 낚아채 버리는 거예요.
안타까움 쫑긋 세워 둘러보는데
검은 괭이 털만 여기저기 분분합니다.
현묘는 어디 갔나 뒤를 쫓자니
날렵하게 굴뚝 타고 오릅니다.
저놈, 현묘 잡아라.
고함치다가 소스라쳐 깨어났지요.
난장이들은 굴뚝에서 40년씩이나*
사람 살리라는 외침들 쏟아내는데,
저는 왜 여태껏 현묘에나 휘둘리고 있을까요.

* 조세희의 소설집 『난장이가 쏘아올린 작은 공』이 출간된 1978년을 기준으로 함.

태정이

그리 일찍 갈 거면 여긴 왜 왔데?
어이구, 왜는 무슨 왜야.
그저 왔다가 때 되어 돌아간 거지.
죽고 사는 데 뭘 자꾸 갖다 붙이려 해.
그냥 살아. 살다 보면 의미는 붙는 거 아닌가.
얼마나 귀해. 누군가와 산다는 것.
눈과 눈으로 주고받는다는 것.
손과 손을 마주 잡는다는 것.
나무와 함께 바람과 함께 머문다는 것.
숨이 숨을 불러내는 저 새들 좀 봐.
기막히잖아. 즐겨요, 즐겨.
넌 혼자 지내다 갔잖아.
혼자라니, 이 무슨 섭섭한 말씀.
봄여름갈겨울 가리지 않고
얼마나 많은 목숨들과 끈끈했는데.
뒤뜰 같은 데 가만히 앉아 있어봐.
개미땅강아지귀뚜리지렁이꼬물꼬물애벌레들 말 걸고
바랭이쇠뜨기여뀌쇠비름꽃무릇돌나물 폭 안겨오잖아.

똥냄새오줌냄새 섞인 꽃향내는 또 어떻고.
내가 어른이 아니라 걔들이 어른이라우.
얼마나 포실하게 눈과 맘을 품어준다고.
그런 것들이 살가운 동무라도 되어주나.
그럼 그럼. 사람들이나 별반 다름없지.
무지 그리워서 문드러지기라도 할라치면
난 숨을 꼴딱꼴딱 삼키곤 해.
그렇게 꾹꾹 누르다 보면 어느샌가
마음속에 한 가득 연두가 피어나거든.
아하, 연두. 여린 잎들의 환희지.
그 에린 것들의 다감한 기척이라니.
그 입김에 설레어 눈뜨곤 했는데.
그러니 제발. 온몸을 열어 흠씬 맛보시라구.
이 야릇한 봄의 느낌들.
나라면 느릿느릿 엄살떨며 살겠네.

* 태정이 : 시인 김태정. 1963년 태어나 2011년 돌아감. 세상에 시집 『물푸레 나무를 생각하는 저녁』(창비, 2013) 단 한 권을 남김.

지구를 지켜라

혜화역 4번 출구에 가보셨나요.
춥거나 덥거나 빨간 옷의 빅이슈가 뜹니다.
"안녕하세요, 빅이슈입니다."
외치고는, 살짝이 웃음 물지요.
지날 때마다 입가가 절로 벙그러졌는데,
무슨 조홧속인지는 알지 못했어요.
비 오던 어느 날, 홀연 보았지요.
우산도 없이 몰래몰래 부양하는 그의 발돋움.
"안녕하세요"와 "빅이슈입니다" 사이에서
미세하게 떴다 가라앉는 역추진의 도약.
건물에서 떨어지는 아일 누군가 받아주기도 하고,
쓰러지는 신호등 떠받쳐서 큰 사고를 막습니다.
오늘은 어떤 슈퍼맨이 다녀갔을까요.
혜화동은 "안녕하세요?"와 함께 말랑해지고
입 터진 목련들 "빅이슈!"를 전파하고 있습니다.

우리 누구나의 외할머니

—창신동

늙을수록 평지에서 비탈로 내몰린
여든 노구의 짐 진 쇳대가
저물녘 창신동 비탈을 헉헉,
가쁘게 밀어올리고 있는데요.
관절만 그저 덜컥거릴 뿐,
비탈은 자꾸 늘어져 비틀거리고
길가 노란 산수유마저 흔들려 어지럽습니다.
지쳐 후줄근해진 몸뚱일 내려놓고
궐련 한 대 꺼내 무는 사이,
혼몽한 어둠이 골목들 집어삼키네요.
두터워진 그늘 속을 더듬더듬
여러 번 헛발 딛자 보다 못한 비탈이
스스로 문 열어 쇳댈 품어줍니다.
찰그락찰그락 쇳대 소리 아리게 풍겨 나오는
비탈의 목울대가 아프게 저무는데요.
산수유 열매 발갛게 익을 무렵에는
여든 쇳대도 말갛게 여물어
저 비탈 선선히 열고 나오시지 않을까요.

늦은 오후에 고구마가 말했다

한 손으로 이정록 시집을 들고 다른 쪽 손으로는 찐 고구마 껍질을 벗겨 베어 물자, 이정록의 「실소」를 듣던 고구마가 몸피에 실금을 두른다. 밤고구마라 안 그래도 목이 마치는데 어쩌자고 실금은 둘러서 내 목을 내리누르는지. 물, 물을 찾아 냉장고 문을 여는 순간, 때마침 라디오에서 라벨의 볼레로가 흘러나온다. 물을 잊은 내 귀는 달달해지고 입속에도 단침은 고여 모처럼 만에 볼레로를 달콤하게 맛본다. 고구마와 볼레로의 단맛이 막 절정으로 치달을 즈음 볼레로는 멀어지고 프로코피예프가 튀어나온다. 에이, 뭐야. 몽롱해진 내 귀는 시집 속으로 툭 떨어지고 기다리기라도 한 것처럼 정록이는 강원도시인학교를 들먹인다. 시인학교는 무신, 박근혜를 탄핵해야지. 뭐라도 써야 하지 않을까 궁리하면서, 「통쾌한 민주주의가 유유히」를 끼적이다가 껍질 다 벗긴 고구마를 미끈 놓쳤다. 먼 짓거리랴, 제대로 처먹던지. 철퍼덕 떨어진 고구마가 씨월거리는 소릴 귓등으로 흘리며, 어, 시가 되지 않을까, 공순히 받아 적는다. 안 그래도 늦은 오후가 더욱 느려지더니 자꾸 고구마에 눈을 얹는다. 저 고구마 주워 먹을까 말까.

지진 유발자

용민이 형이 삼층 높이에서 일하다가
그만, 쿵 떨어졌다.
형은 세상일을 몹시 자책하는 사람.
그날 얼마나 세게 자책했던지
땅거죽을 뚫고 들어간 진동이
땅심을 제대로 흔들어놓았다.
자책으로 뒤척이는 땅덩이 땜에
한반도의 애먼 생명들 바짝 졸아들고
나도 책상 밑으로 기어들어갔다 나왔는데
용민이 형은 다행히 별일 없다고 한다.
그때 형 이마에 특별히 솟은 자책은
여전히 끌끌, 세상을 자책 중이지만.

문래동

문래의 야윈 평안에서 네가 자란다.

낡고 삭은 냄새들이 풋풋해지기 시작했다.

이젠 누구라도 되돌리기 어려울 것이다.

버려진 부품들이 스스로 창고를 채우고

충분히 바래어진 문래도 새 실 풀어놓을 기세다.

그래, 영험한 실이거든 얼마든지 풀려라.

예기치 않은 발목들도 기꺼이 모여들 테니.

흐트러져 동여맨 기억들 창문이 밝다.

막다른 골목마다 땅땅, 새 꽃이 튄다.

문래는 본래 네가 잣던 물레의 헌신,

들고나는 곡절들 품고 펴면서 문래가 돌고 있다.

눈길

—설날 아침

발자국은 나를 떠나

저 너머로 뒷걸음쳐 갔으나,

차마 이별을 고하진 못하고 되돌아와

다시 내 발밑을 받친다.

발자국이 없으면 어쩔 뻔했나.

내 삶을 부양한 것은 저 수많은 발자국들.

깊이 패었거나 얇게 걸쳤거나.

나를 지탱한 발자국들 모여

낡은 나를 뿌듯하게 견딘다.

얼마나 새롭냐는 듯이

마치 처음 뵙는다는 듯이.

자진하는 총알들

그가 북에서 남으로 넘어올 때
용납할 수 없는 동료들은 총을 쏘았다.
오히려 난감한 것은 총알들이었다.
어딜 어떻게 뚫고 들어가
이 필사의 몸부림을 끊어놓겠는가.
그저 어림짐작으로 가슴과 머리는
비켜나거나 휘어지려 방향 틀었을 것이다.
그러고 보면 병사의 몸속 네 군데에
박혔다는 총알들은 얼마나 안쓰러운가.
밀어치는 방아쇠의 물리력을 견디지 못해
주춤주춤 망설이며 살들을 헤집다가
최후의 순간에는 스스로 자진했을 것이다.
총알들이 이렇듯 사나움을 버림으로써
그는 제 명줄 이어갈 수 있었다.
뛰어난 외과의의 집도는 그다음이다.
자, 그런데, 하고 혼돈을 손바닥으로 더듬어본다.
무엇이 이 총알들 심장을 뜨겁게 지진 것일까.

지구가 움찔하면

아마도 지진의 축이 조금만 더 강하게 때렸다면
동쪽에서 시작된 공포가 서쪽까지 뒤덮었을 것이다.
숨쉬기조차 버거운 너와 나는 어제와 그 이전을,
끊임없이 반추하며 타버린 참회를 휘젓고 있을 것이다.
공포의 낙진이 남북으로 치달아 파멸을 뒤집어쓴
몸과 맘은 잔혹한 미래를 게우고 또 게울 것이다.
눈떠라.
지구가 움찔하면 세상은 리셋된다.
'것이다'라고 추정할 때가 되돌릴 수 있는 날들이다.
종말은 악어처럼 일상의 아랫도리 삼키는데
플라스틱까지 씹어 먹는 탐욕이 또 진앙을 두드린다.

평화를 구출하라

폭우가 며칠 동안 퍼붓고 지나가자,
뼈다귀들이 한꺼번에 튀어나왔다.
더 이상 숨지 않겠다는 뜻이었을까.
몸은 다 지워지고 뼈다귀만 남은 과거들이
폐광 앞으로 우르르 몰려왔다.
아이들은 제각기 뼈다귀를 손에 쥐고
신나는 저주를 퍼부으며 고샅을 쏘다녔다.
깜짝 놀란 어머니들은 뼈다귈 빼앗아
부리나케 들고 가 절하며 도로 던져 넣었다.

얼룩무늬 군인들이 트럭을 타고 밀려오더니
흩어져 흐느끼는 뼈들을 다 불러 모았다.
크고 작은 뼈들이 멈칫멈칫 줄을 서자,
한 두름으로 묶어 폐광 속에 다시 처박았다.
참극의 비명이 새어 나오지 못하도록
폐광 입술을 바위로 틀어막아 봉인했다.
실체 없는 허깨비들만 오래오래 마을을 떠돌았다.
아무리 소리쳐도 헛것의 메아리였다.

혼령들은 뒤란으로 숨어 들어와 흠향하고 돌아갔다.

네가 여기 있다.
네 아버지가 여기 있다.
네 어머니가 여기 있다.
네 아이가 여기 있다.
네 미래가 여기에 갇혀 있다.
그리고 4·3 칠십 년,
불귀의 영령들이 기어이 틈을 벌렸다.
널려 있는 폐광들의 봉인을 해체하라고.
망각의 저편에서 평화를 구출하라고.

2부

신화의 탄생

삼족오三足烏가 서쪽에서 날아와
찰방, 물속으로 미끄러진다.
그 속에서 무슨 일이 벌어진 것일까,
물밑이 환하게 골고루 익어가고 있다.
물가까지 노란 기세가 출렁이더니
금빛 잉어 한 마리가 물마루를 찢고 튀어 오른다.
곧 물속으로 떨어져야 할 잉어는
어쩐지 오랫동안 공중제비를 돈다.
한 이레는 돈 것처럼 긴 시간이 지나자
잉어는 흠뻑 빨아들인 공기를 빵빵하게
부풀려 핑하니 동쪽으로 달아난다.
지금 막 천지간에
기이한 사건이 펼쳐진 것 같은데
하늘도 땅도 사람도 천연덕스럽다.
꿈인가 하고 허벅지 살을 꼬집다가
아찔한 통증에 물아래로 미끌어진다.
금가락지를 목에 두른 가마귀가
죽은 달을 천천히 밀어 올리고 있다.

술 취한 백도가 나를 울리네

용탄이를 먹었다. 용탄이는 내게로 와서
탐스런 복숭아가 되더니 과즙 달달한
비밀을 속삭인다. 형, 오래 살아.
내 즐거움 다 줄게. 미련도 다 가져.
태풍 볼라벤 불어와 내 미련 뺏으려고
창문 할퀴어대는 저녁,
용탄이는 잇달아 술 취한 백도를 내민다.
나는 태풍에게 용용, 느긋하게 백도를 흔들어주고
아작아작 씹어 먹는다. 긴장 풀린 과육 꼴딱 삼키자
구부러졌던 등이 반딱 펴진다.
나무의 머리채 휘감아 내달리는 태풍도 부럽지 않은
소용돌이가 본능 쪽으로 치달아간다.
가뿐하게 갠 몸으로 곧 널 따돌릴 거야, 하고
나는 미리 볼라벤에게 선언해둔다.
아마도 내일쯤에는 생글생글 영근 내 맘을
용탄이도 용용, 따먹을 수 있을 것이다.

눈 동백

왼쪽 눈에서 동백 한 송이 터졌다.
참고 참은 울분이
급기야 동백을 밀어 올렸다.
혹 눈병이라고 오해할까 봐
짐짓 눈 내리깔고 걷는다.
동백 핀 자리가 까실하다.
세는 나이로 쉰둘,
세상에 너무 많이 쥐어짜진 것인가.
눈에 핀 동백이 붉게 아프다.
내 푸른 갑옷 이파린 다 어디 갔을까.
왼눈에 핀 동백 따내며
불안스레 찾아보는 것인데
더 붉은 동백,
실핏줄 걸어 오른눈 탐한다.

달리는 무어라 부를까

안경다리가 하나 부러졌다.
다른 때 같으면 먼저 여분 안경 찾았을 것이나
어쩐지 그런 생각은 안 들고
다리 부러진 안경이 짠해지는 것이다.
부러진 다리와 다리 잃은 몸통
받쳐 들고 사뭇 경건해진다.
딸애는 뭐 하세요, 눈짓하고는
황당하다는 듯 콧바람 날린다.
그래, 넌 아직 몰라도 된다.
스며 들어오는 온갖 가지 통증들.
폐기와 소멸의 공포로
물성 잃고 조여오는 나날의 막막함.
나는 딸애의 코웃음을 비틀며
부러진 안경의 틀어진 형태와 색채,
끙끙거리며 기억 창고에 채워두는 것인데.
채 몇 분 지나지 않아 아무런 자각도 없이
안경이 슬근 기억을 빠져나간다.
멍한 눈 비비다가 홀연 난 궁금해졌다.

달리는, 이 부러진 물체를 무어라 부를 것인가.

물억새 자지러지는 밤

달래강 뒤편을 걷고 있는데 물억새들이 꼬리를 물고 따라왔다. 어떤 놈은 소곤거리고 어떤 놈은 위협하고 또 어떤 놈은 음탕하게 유혹했다. 나는 부러 발걸음을 타닥거리며 위용 있는 수컷처럼 굴었다. 발걸음 재우쳐 걷는 동안 허리가 뻣뻣해졌으나 마네킹 같은 자세는 풀지 않았다. 급히 걸을수록 놈들의 기세도 뻗쳐올라 자꾸만 내 앞을 가로막았다. 나는 지나가는 자전거 불빛을 낚아채 재빨리 휘둘렀다. 깜박이는 자전거 불빛이 훑고 지나가자 풀들은 금세 몸태를 누그러뜨리며 나긋나긋해졌다. 보드라운 풀의 이미지로 돌아가 봄 나비처럼 나풀거렸다. 곧 그믐도 여리해져서 하류를 감돌던 긴장과 공포의 소스라침도 슬그머니 잦아들었다. 늦가을 그믐에 홀려 잠시 여시 숭낼 내었던 것일까. 내 손길 닿자 솜사탕 풀풀 날리며 물억새가 자지러진다. 물위를 미끄러진 바람이 달을 데려가고 있다.

사이 간

간은 간이야, 형.

간이 나빠지면 사이가 안 좋아.

관계가 멀어지지.

그러니 형, 좀 쉬어.

쉬어야 살아.

그는 내게 쉬라며 사이 '간'을 넘겨주었다.

나는 그가 내민 사이 간間을 붙들고 잠시 멈칫거린다.

사이에 머무는 동안 갇혀버리면 어쩌지.

사이가 혹 소멸로 가는 지름길은 아닐까.

아냐, 그냥 새 간肝일지도 몰라.

여러 상념들이 사이 간을 들락거린다.

간을 봐놓아 그런지 간간하다.

찬찬히 먹어도 물리지 않겠다.

오랜만에 드는 사이 '간'이 맛나다.

산당화가 내게도 치마를 내린다

아무도 함께하지 않은 낯선
항구의 아침은 건조하다.
잘도 피해왔구나, 날선 감상이
곤두서서 자극적으로 말라갈 때
창문 넘어 은갈치가 찾아왔다.
막 깨어나던 골목들이 은갈치 쪽으로
목을 빼고 잠시 한눈을 판다.
눈부셔하는지 피하는 건지 알 수 없지만
은갈치는 그닥 주변 살피지 않는다.
단조로움 뒤에 나를 달고 한량처럼 걷는다.
이국풍 활엽수가 언뜻언뜻 놀라 지나칠 뿐,
휴일 아침 산책은 게으르고 서투르다.
조금은 발걸음 싱거워질 무렵,
가로수를 밀쳐내며 산당화가 삐죽거린다.
흐드러진 색기로 골목을 빨아들이자,
은갈치는 재빠르게 그 그늘에 숨어든다.
은갈치와 산당화가 혼몽히 젖는 동안
항구의 풍경이 각별하게 흔들린다.

그러면 이제 그대와도 작별인가.
생각하는 참에 뒤미쳐온 비린내들이
어깨를 겯고 팔짱을 낀다.
어디로 가자는 것인가, 식전부터.
주춤주춤 멈칫거리는 사이 은갈치는 튀고
산당화는 다가와 내게도 치마를 내린다.
하여 나도 거친 숨결 토해내고 쏟아내며
나의 불온을 흔쾌히 벗어두고는 왔다.

포도알이 시퍼렇게 경직되었다

포코르니의 보케리니를 위한 플루트 협주곡을 듣는 중인데 포도알이 칵, 기도에 걸렸다. 마침 진은영의 책, 『문학의 아토포스』를 읽고 있던 참이었다. 내 눈길은 사회참여와 참여시 사이에서의 분열,이라는 구절에서 잠시 호흡을 놓쳤다. 충분히 내 몸은 동시에 먹고 듣고 읽고 할 수 있는데 무엇이 내 숨을 갈라놓았을까. 삼켜지지 않은 포도알에게 칵칵, 물었다. 문학의 아토포스라는 말인가. 사회참여인가. 분열인가. 아니면 차츰차츰 두려워지는 '세월'이라는 말의 어떤 소스라침인가. 포코르니는 화려하고 부드럽게 낭만을 수놓고 포도알은 시퍼렇게 경직되었다.

목

비 오는 날 화단 옆에서
지렁이를 주웠다.

녀석이 하도 애원하여
못처럼 벽에다 박아주었다.

가끔 나는 지렁이 못에
내 목 걸어두고 나온다.

지렁이처럼 기는 것이다.
목이 없어 숨차지 않다.

사는 게 참,
이렇게도 가뿐하다.

생일은 어째서 익지 않을까

내 생일은 아직도 익지 않는다.
쉰세 해의 바람이 잠시 몸을 일으켰다 그치자
쉰세 해 저 켠에서 늙은 아기가 기지개를 켠다.
해가 지날수록 그는 어려져만 가더니
그와 나 사이의 거리가 뭉툭해진다.
내 어리둥절 속으로 칙칙한 영상들이
날아와 자디잘게 부서져 꽂힌다.
설익은 젖 냄새도 함께 반복적으로
콧속에 스며 들어와 달라붙는다.
내 생일, 아무 일도 일어나지 않았으나
젖 냄새로 시큰한 코허리 덕분에
나는 잠시 탈피의 상승기류를 탄다.
아내도 딸도 알아보지 못하지만,
마흔세 해 전 적멸에 드신 모친은 눈치챈다.
빙긋이 미역 졸가리와 수수팥떡 보내오신다.
퀭한 눈으로 나는 날름날름 받아먹는다.
내년에도 내 생일, 도무지 익지 않는다.
그것이 고마워 오랫동안 콧노랠 흥얼거린다.

설금

바알간 꽃대만 보아도
설금, 눈물 비칩니다.
열두 살 목 타던 나는
그 집 고샅에서
할딱할딱 숨 골랐지요.
가시내처럼 쭈글치고 앉아서
잘금잘금 오줌 지렸지요.

오 촉짜리 맨드라미 홍등 아래서
내 등 토닥거리며
어설프게 물려주는
팥알 같은 젖꼭지,
시고 떫고 살짝 감미로웠지요.

먹어, 더 먹어
배고픔까지 잊게 하더니
어디로 숨었을까요.
맨드라미 꽃대 낯 붉히는

신열로 한생을 절었습니다.

초라한 우주

우주선 탄다. 안전벨트 배에 두르자 선원은 물러나 귀마개를 통해 말한다. 자, 숨 참으시고… 뜨자마자 음속을 통과하는지 귀가 다 먹먹하다. 다리께에서 울리던 흔들림이 가슴으로 치달아 오른다. 눈 꼭 감는다. 어디쯤 날아가고 있을까. 메슥거리는 신음 갈앉기도 전, 지구를 벗어나는 것인가. 툴툴거리는 신호음이 아랫도리를 치고 올라와 온몸을 훑고 간다. 맨 처음 우주를 날아간 유리 가가린도 나처럼 옥죄었을까. 숨 내쉬고 참으시고… 어찌 견뎠을까. 시달리고 시달리다 혹 욕설이 터져 나오진 않았을까. 이런 젠장, 접시 물에 코 박고 뒈질 놈들. 몽롱히 떨고 있는데, 약 들어갑니다, 멘트 들린다. 다시 속도 올릴 모양인가. 압력이 얼마나 센지 콧대까지 흔들린다. 미간이 짜부라지겠다. 얼마를 더 가야 하나. 아내와 딸과 식구들이 명멸하는 가운데 초라한 우주를 숨 가쁘게 지난다. 자, 숨 들이마시고 내쉬고, 숨 참으세요. 점점 숨은 가쁘고 머릿속은 하얘진다. 여기는 어디일까. 벌떡 일어나 내리고 싶다. 그런 내 속이 훤히 보이는 걸까. 선원이 한마디 툭 던진다. 자, 이제 숨 편히 쉬세요. 십 분만 더 가면

됩니다. 아직도 십 분이나 남았구나. 숨 내뿜으며 숫자를 헤아리기 시작한다. 하나 둘 셋… 십 분이 온통 캄캄하다. 케플러-62f 행성*까진 도대체 얼마나 더 남았을까.

* 케플러-62f 행성 : 나사(NASA)가 발견한 은하수 건너편의 세 행성 중 하나로, 생명체가 살고 있을 가능성이 높다고 알려져 있다. 지구에서 약 1200광년 떨어져 있으며 지구보다 40퍼센트 더 크고 바위 지형일 것으로 추측된다.

백봉이네 집

눈이 뜰방을 두텁게 덮는다. 백봉이는 느릿느릿 지 밥그릇 물어 처마 안쪽으로 가져다놓는다. 제집까지 옮기고자 했으나 힘이 달려 금세 포기한다. 마룻장 아래 처박아둔 헌 이불 둘둘 말아 배 깔고 엎드린다. 장독까지 잠긴 눈 바라보고 있자니 섣달 넘길 날들이 까마득하다. 안산도 깜깜절벽이고 아랫동네 세리 짖는 소리도 들리지 않는다. 백봉이는 어지럽게 들이치는 눈 쪽으로 하품 한번 길게 찔러준다. 워쩌겠어, 그래도 버티봐야제. 눈만 오면 씹어갈, 씹어갈 물고 사는 할매는 당최 방문조차 삐걱이지 않는다. 쥐를 잡으러 가야 하나, 방바닥 세게 업은 할매를 끄집어내야 하나. 백봉이의 졸음은 상념을 덮는데, 씹어갈, 씹어갈 독설이 푸지게도 내린다.

3부

시들의 기이한 교류

발문 써야 할 문 아무 형 시집 교정쇄와 내 시 원고 뭉치를 한 달은 가방에 들고 다녔어요. 도무지 글이 손에 잡히지 않았지만 한 날은, 작심하고 내 원고 뭉치 꺼내 들었지요. 한숨 미리 뿜으며 손 좀 보려 했더니 어라, 시들이 그럭저럭 잘 자라 있는 거예요. 내가 내 실력 얕잡아 봤는가 싶어 다시금 끌어다 보았지요. 이게 웬일일까요. 내가 어려워하던 부분마다 내 것 같잖은 글자들이 들어앉아 있어요. 곤혹스러움 차고앉아 문 아무 형 교정쇄 펼쳐 읽는데요. 형의 시들에서 여기저기 글자 몇 낱이 사라지고 안 보여요. 이것이 말로만 듣던, 시들의 기이한 교류인가 생각했지요. 모자란 내 시 메워주려 문 아무 형 시어들이 내 시에게로 흔들흔들 넘어왔다는 말씀이지요. 형의 입김 밴 시어들 배어들어 기쁘지만, 제가 어떻게 남기겠어요. 이런 살핌 뉘게서 받겠나 싶으니 눈시울이 뜨겁데요. 뿌듯함만 챙겨두고 원고 뭉치 탈탈 털었지요. 매달리던 글자들이 즐겁다는 듯 아쉽다는 듯 사라지는데요, 희한하기도 하지요. 막혔던 시상들이 스르르 풀리기 시작하는 거예요.

까막눈

마흔아홉에서 쉰으로 넘어가야 하는
곡절 앞에 너는 서 있다.
한끝은 끝이 아니면서도 다시 끝이다.
더 이상 읽을 수 있는 책력이 없다.
이 쓰디쓴 긴장 속에서
너는 곧 얕은 잠에 빠질 것이고
눈발은 스멀스멀 기어 나올 것이다.
그러고는 은밀하고도 팽팽하게
난분분, 난분분 혼미의 교접을
철없이 문지르고 또 문지를 것이다.
뒤미처 아픈 살과 뼈는 감춰두고
차가운 경계 은근슬쩍 넘을까.
가고 가도 오고, 오고 와도 가는
섣달그믐 차갑고 어지러운 횡포들,
공허를 채우면서 너는 허공이 된다.
어느새 하늘이 싸락눈으로 까맣다.
정읍 양반도 이렇게 까막까막 쉰을 넘겼을 것이다.

터럭들

당신께서는 꼭 면도 뒤끝에 몇 올의 터럭을 남겨두곤 하셨다. 잠깐만요, 하고 밀어드리면, 그렇게 남는 놈들이 더러 있지. 쟁기로 갈아엎어도 버팅기는. 그런 놈들 이쁘잖아. 부러 버려둔 거여. 내겐 면구스러움을 덜어내고자 하는 말씀처럼 들렸다.

오늘, 내 턱 아래나 코 밑에 붙은 터럭들이 밀리지 않는다. 면도칼 슬근 밀쳐내는 것이다. 이런, 당신이 진토된 지금에서야 알아들었다. 역모였구나. 깊은 산경에서 당신은 평생 홀로 무슨 거역을 갈고 계셨더란 말인가.

견성

견성을 놓쳤다.

나는 애초에
한 귀의 개소리와
한 귀의 깨달음을
통으로 들을 수 있었다.

우리 강아지 미루가 어제
한 귀를 물어뜯어
깨달음은 가져가고
소리만 남겨두었다.

어여쁜 입이든 거친 입이든
내 귀에 들리느니
한껏 개 짖는 소리뿐.

단출해서 좋구나.
견성이 오시겠다.

은섭섭

학암 가는 길을 잃어버렸어요.

국민학교 3학년 때 그리로 봄소풍 갔지요.

따가운 모래밭 쓸어 내리는 물기운이 서늘했어요.

까만 치마 입은 그 애도 서늘했지요.

강물에 적셔진 치마 그림자가 귀신 머리채 같았어요.

어쩐지 나는 그 머리채가 가엾어져서

작은 손 갈퀴로 자꾸만 치마 그림자 건어 올렸지요.

큰물 진 날 허우적거리는 동생 강둑에 올려놓고

떠내려가던 그 애, 휘어진 버드나무에

비단처럼 하얗게 걸쳐져 있었다고 했지요.

오랫동안 그 애는 밤길 되짚어 나에게로 오고

나는 실실 벽사辟邪 뒤로 숨었어요.

쉰 중반에서야 애달픈 학암 가려 하는데요.

벽사가 나를 막고 포클레인 열 마리는

흐릿한 기억줄까지 말끔히 잘라놨어요.

버드나무 찢겨진 어디쯤 멍하게 바라보며

그 애 이름 나직하게 부르지요.

섭섭아, 섭섭아, 천지간에 섭섭아.

은어가 되었느냐. 철골이 되었느냐.

뒤엉킨 시간의 역사

이마에 어설픈 칼침 흔적 가로지른 오십 줄이, 제기동역 문이 열리자마자 헐헐 올라탔다. 시큼한 술 냄새와 함께 차 안은 일순 시간이 멈췄다. 오십 줄은 통로를 오가며 눈을 부라리다가 내뱉었다. 하느님은 없다, 알겠나? 하느님은 없어. 아무도 반응이 없자 막 스마트폰으로 빠져 들어가는, 무표정한 청소년을 툭툭 쳐서 돌이켰다. 하느님 봤나, 하느님 봤어? 얼굴이 어떻게 생겼나? 둥글어? 납작해? 못 봤지? 하느님은 없다. 알겠나? 오십 줄은 훈련소의 조교처럼 기세 좋게 밀어붙였다. 청소년은 웬 쓰레기야, 하는 눈빛으로 위아래를 훑었다. 또 다른 칼침 그을 것처럼 날이 벼려 있었다. 찔끔한 오십 줄은 큼큼, 열차 칸 모서리 비상전활 꺼내들었다. 하느님은 없다, 알겠나? 하느님은 없어. 전화기 저쪽에서는 전혀 들리지 않는다는 듯, "여보세요? 여보세요?"만 공허하게 끌쩍거렸다. 지하철보안관이 끌어내릴 때까지 오십 줄은 한참을 설쳐댔고, 차속 시간은 그의 그림자를 따라 꽁꽁 얼어갔다. 이 소란에 놀란 하느님도 당혹해서 잠깐, 딴청 부리는 바람에 뒤엉킨 시간이 길어졌다. 신설동역까지 한 정거장이 하루쯤 걸린 것 같았다.

순오의 뿔테 안경

순오의 뿔테 안경이 모기향에 그을렸다.
모기가 뿔테 안경을 쓰고 싶었을까.
그 모기, 눈 나쁜 그 모기.
순오 안경 벗는 참 노려 냉큼 써본 모양인데.
누가 그에게 모기향을 디밀었나.
모기향 디밀어 안경다리 태워먹었나.
채언이는 알고 있는지 두꺼비를 가리킨다.
순오가 어제 내쫓은 두꺼비 작란이란다.
두꺼비에겐 그까짓 것쯤 아무 일도 아니라는데.
눈 감고 가만히 떠올려본다.
두꺼비는 왜 긴 혀 놔두고 모기향을 썼을까.
둥그런 모기향은 어떻게 두꺼빌 유혹했지.
채언이는 이런 조홧속을 어떻게 알았을까.
그리고 그 모기. 착란에 몸 던져
뿔테 안경에 그을린 모긴 어찌 되었을까.
죽었나, 살았나.
채언이는 혹 이마저도 알고 있을까.

가난의 저 솔깃함

황사가 자욱이 깔리는
새해 아침,
조촐한 시야 밖으로
북소리 퍼진다.
소년은 간데없고
단출한 시구詩句만 남아서
작은 북 울린다.
따뜻하다.
가난을 넘어온 저 솔깃함.
올겨울은 외롭지 않겠다.
내용 없는 아름다움*이
어찌 따로 있을까.
설운 푸념도 기꺼이 꺼내 읽겠다.
낡은 바흐에 귀 기울이다
들여다보는 허름한 생의 등성이.
천진한 음표가 움트고 있다.

* 김종삼의 시 「북 치는 소년」 첫 행에서 가져옴.

양말 먹는 세탁기 전傳

가끔 어머니는 세탁기가 양말을 먹어치운다고 투덜거렸다. 한 짝씩 돌아다니는 양말 적잖았어도 세탁기가 어떻게 양말을 먹어요? 흘리듯 뭉갰는데 오늘 내게 딱 걸렸다. 질겅질겅 양말 씹고 있는 세탁기. 웬일인지 세탁기는 슬픈 눈빛으로 빨간 양말 한 짝 물어뜯는 중이었다. 괴이쩍은 상황에 난 딸꾹질부터 내질렀는데 나보다 더 심하게 놀랐는지 세탁기가 숨넘어갈 것처럼 껙껙거렸다. 그러면서 큰일 났다고 당신이 알면 안 되는 세계라고 떠듬떠듬 징징거렸다. 그런 게 어딨어, 내가 의아해하자 늙어 소멸이 코앞이면 세탁기들은 저도 몰래 양말짝 집어삼킨다는 것이다. 게다가 이 비밀은 공표하면 세상이 뒤집어진다나. 식구는 말할 것도 없고 그 누구에게도 입 다물란다. 이런 궤변이 있나. 며칠 동안 눌러 참다가 오늘 여기 이렇게 떠벌린다. 이제 좀 세상이 뒤집어질 때도 되지 않았나 싶은 것이다. 그랬는데 이 무슨 꼬락서니인가. 물구나무 선 세탁기가 낑낑거리며 빨래 돌리고 있다.

어리둥절

강화 백련사의 삼성각엘 가보셨나요.

진달래 성글성글 깨어나 얼마나 사뿐한지요.

카메라 이리저리 탐하며 한껏 달아올라 있었는데요.

별안간 날아온 벌침이 아랫입술 세게 훔쳤어요.

녀석은 그야말로 일생일대의 혼신이었겠지요.

땅바닥에 떨어져서도 씨근거렸어요.

삼성각이 깜짝 놀라 내 입술 할끔거리는 사이,

어리둥절 아려오는 입술을 혀로 쓸고 빨았지요.

잠깐의 혼돈이 스러지자 불심 조롱 같은 거예요.

달려 내려와 극락전 아미타불께 궁시렁거렸지요.

제가 잠시 진달래에 눈 둔 것이지 소월 선생께 빠진 것도 아닙니다. 어찌 만해 선사께서는 이처럼 날카로운 키스를 제게 퍼붓는단 말입니까.

떠들면서 들썩이는 생각들 부리나케 배열하는 참인데요.

입술 통증 봉긋하게 솟구치자 욕설만 늘어지게 나부끼네요.

진달래 백련사는 흔적도 없고 개새끼 쇠새끼만 흐드러져요.

새들의 경계

—배호가 에바 캐시디를 만날 때

배호가 에바 캐시디를 만나겠다 할 때
내 몸 기꺼이 빌려주었지요.
내가 잠시 비켜나 있는 동안 배호는
마지막 잎새를 흐느끼고 에바 캐시디는
송버드Songbird를 불러냈어요.
명랑한 흐느낌이 껴안고 울려대는,
물 묻은 거미줄 선율을 타고
내 몸은 악기가 되었는데요.
이런 재변이 또 있을까요.
달궈진 기억이 얽히고설킨 시간들
풀어내며 마구마구 흘러넘치는 거예요.
송버드와 마지막 잎새 사이에서
오랜만에 막막해져 허둥거렸지요.
저 버드와 이 잎새는 뜬금없지만
그러면 또 어떤가요, 광활한 새들의 경계.
우연히 버무려졌어도 훌훌훌,
혼을 풀어 무척이나 갸륵한데요.

노란 모과 한 분

잘 익은 모과 한 분이
가지에서 뚝 떨어져 나와,
공중에서 땅까지 내려오시는 동안
내 식욕은 어느 지점을 겨냥할까.

잦아들지 않은 욕망을
타고 넘는 모과는
실까, 떫을까, 달달할까.

내게 온 병통이 너무 써서
잠시 모과 맛이 몽롱하다면
당신은 어떻게 할까.
애초의 씨앗으로 돌아가
가지에 도로 매달리실까.

세상과 진땀 나는 승부를 벌인
노란 모과 한 분
막 이승을 닫고 계시는 새벽.

까마중

아차, 실수했다.
화분 속 까마중 따왔어야 한다.
다른 화초는 다 말라죽었으나
날아와 발 내린 까마중만 슬프게 탐스럽다.
가꾸던 손길 일 년 넘게 외출 중이지만
까마중은 여태도 기다림에 까맣다.
할머니 쓰러지기 전 보내온 눈빛에서
평생의 물 미리 머금었을 것이다.
그러고도 모자란 물은 공간을 넘어
정분 담은 빗줄기로 받았으리라.
미처 다 베풀지 못한 할미의 맘이
까만 눈으로 초롱초롱 맺혀 있다.
그래서 아이는, 까마중 털어넣으며
젖 같아, 눈 감고 중얼거렸던 것일까.

4부

올빼미의 눈이 차갑다

나는 오늘 아무래도 혼자가 되어야겠다.
술자리라도 만들어볼까, 생각했지만
술도 못 마시니 무슨 재민가.
얌전히 집에 처박혀 티브이나 틀기로 한다.
뉴스는 아마 안 볼 것이다.
소설책도 펼쳐 들지 않을 것이다.
밥은 먹는 둥 마는 둥 하고 액션영화나
에로영화를 켜놓고 질질거릴지는 모르겠다.
그렇지, 중요한 건 내가 나를 비켜 슬쩍
나를 지켜볼 필요가 있다는 점이다.
까닭 없이 번져가는 음울함은 어디서 비롯된 것일까,
이같은 성긴 의문들 모조리 비워버리자.
아하, 그런데 날 한껏 비아냥대듯
켜놓은 영화가 날 쏙 빨아들이면 어떡하지.
화면 속으로 사라져버린 나를 어떻게 봐줘야 할까.
쓰잘데기없는 근심 켜켜이 얹어가며
날렵한 스마트폰 톡톡 건드린다.
폰 배경에 집 지은 올빼미의 눈이 차갑다.

상석의 달팽이

화분에 웬 흙덩어리가 달려 있어. 죽은 달팽이야. 달팽이는 무슨, 흙덩어린데. 달팽이라니깐. 어, 정말 바싹 마른 달팽이네? 억지로 똑 뗐더니 집이 조금 부스러졌어. 혹시 모르니 물이나 조금 뿌려줘. 살아날까. 안 쓰는 꽃병 줘봐. 열무 이파리도 좀 가져오고.

오 분쯤 지났을까요, 기적처럼 더듬이가 움질거립니다. 간절한 입놀림으로 그가 이파리를 뜯고 있습니다. 흙덩어리가 홀연 멀쩡한 달팽이로 탄생하셨어요. 이로부터 그는 한 식구가 되었습니다. 이름도 얻었지요. 불굴의 달팽이, 불팽이라고. 아내는 나보다 먼저 그에게 아침밥 챙겨드립니다. 저도 인정합니다. 그는 그럴 자격 있지요. 온 목숨 걸고 저를 절벽에 내다걸지 않았나요. 세상에 이보다 더한 구조 신호는 달리 없어 보입니다. 당연히 그가 상석이지요. 먼저 밥 드실 자격 충분합니다. 맛나게 아침 잡숫는 그에게 경의 바칩니다. 상석의 불팽이님, 쾌변장수하시라.

몽년

네가 소주 따라 마시던
투명 술잔, 눈높이에 맞추고 들여다보다
볶은 현미를 부어 따랐다.
너는 늘 홀짝 털어 넣었지만
난 야금야금 흘려 꼭꼭 씹고 있다.
참 달게 한 잔 넘기던 너는
한심하다는 듯 지적할 것이다.
제발 술잔을 빨아라, 헛짓하지 말고.
술에 시를 담겠다며 여길 벗은 넌
거기에서도 비 오는 술잔 흔들고 있을까.
볶은 현미가 암죽처럼 입에 고일 때까지
찬찬히 네 목소릴 잘게 잘게 씹는다.
이명만 두드러질 뿐, 취기는 돌지 않는다.
이래서 늘 한 잔이 길게 늘어졌던가.
볶은 현미 재차 잔에 붓고
때마침 스며드는 아쉬움도 채워서
넘치는 술잔 비틀 삼킨다.
아픈 취기가 쩌르르 목구멍 울린다.

기억을 주욱 펴서 너는 건너올 수 있을까.
현미 잔 들어 안녕을 부친다.
부디 그득 성숙해지게, 몽년夢年.

항복나무

허공을 밀어 올리며 그가 서 있다.
때로는 더위를 걷어 올리기도 하고
내리는 비를 모아 골고루 나눠주기도 한다.
언젠가는 옥상에서 떨어지는 여중생 하나를
받아 곱게 내려준 적도 있다.
늘 두 팔 펼쳐 들고 있는 그를,
사람들은 항복나무라고 부른다.
끊임없이 뒤틀리는 공간을 부여잡고
용서하세요, 항복이에요.
중얼거리는 소릴 알아듣기는 할까.
태양의 용트림이 지구에서의
밝음과 어둠을 걷고 내리는지 알지만,
터무니없는 생각이다.
여명 틀 때나 노을 질 때 그를 눈여겨보라.
세상의 셔터를 올리고 내리느라
붉으락푸르락 상기된 껍질이 터질 것 같다.
오늘도 그는 국회의사당 건물 모퉁이에서
사람들 쌓아놓은 헛된 권력 밀쳐뜨리며

용서하세요, 항복이에요.

허공 떠받친 두 팔 심하게 떤다.

욕망 퇴역시키느라 용쓰는 그의 얼굴이 발갛다.

불효의 더위팔기

새벽에 아버지가 다녀가셨어요, 누님. 아무 말씀도 없이, 몸은 좀 어떠신가? 하는 눈빛 물고 계셨어요. 아버지의 낯선 존대가 맘에 걸려, 왜 그러세요, 아버지? 여쭙다가 잠 깨었지요. 아침 내내 꿈자릴 좇고 있다가 대보름 오곡밥상 받았어요. 저는 수저 한 쌍 더 상 위에 올려놓았지요. 밥 뜨느라 고개 숙이자 뜨거운 눈길 느껴졌어요. 아버지가 병든 아들에게 치유자처럼 기 쏟고 계시더군요. 기척 없이 아버진 흠향으로 대신하는데, 울컥 속이 뒤집혔어요. 꾹 눌러 참고 아버지 맛만 보신 오곡밥마저 다 비웠지요. 그러고는 아버지 사라지실까 저어하며 얼른 아버지께 더위 팔았어요. 아버지, 내 더위 사가세요. 내 더위, 아버지 더위 맞더위! 어쩌면 나는 더위가 아니라 병을 팔았는지도 몰라요. 이런 불효가 어디 또 있나 싶지요, 누님? 저는 이렇게라도 해서 예닐곱 튼실한 아들로 훌쩍 돌아가고 싶었어요. 돌아가서 한겨울 말짱한 몸으로 오래오래 재롱 피우고 싶었거든요.

버짐나무의 승천

영하 십오 도로 내려간 날 아침,
동묘앞역 에스컬레이터 앞에서
늙수그레한 버짐나무 한 분 드러누워
고래고래 소리지르고 계셨다.
난 공생 싫어, 공생이 싫다고.
몸 뒤틀어대며 하늘에겐 듯 역사에겐 듯
침 튀겨가며 하소연하고 있는데
하늘도 역무원도 아무런 대꾸가 없고
감시 카메라만 빤히 내려다보고 있다.
맞아요, 누군가와 맥없이 평생을 산다는 건
정말 끔찍한 일이지요, 그럼요.
속으로 공명하면서 오십 줄 가죽나무가
지나치던 발길을 잠시 꼬깃거렸다.
그러자 감전된 듯 몸 뒤틀던 버짐나무는
가죽나무 귓가에 꼬물꼬물 한 생을 불어넣었다.
난 고생 싫어, 고생이 싫다고.
고생 싫다는 그의 말이 끝나자마자,
비스듬히 기대섰던 에스컬레이터가 발딱 일어나

버짐나무를 등에 태우고 용틀임하듯 하늘로 올라갔다.
고생이 아니라, 공생이라고 했잖아요?
솟구치는 에스컬레이터 꽁무니 눈으로 좇는
가죽나무 음성이 시르죽어 맨땅에 미끄러졌다.

문익환

오래전 서울역으로 아버지를 마중 나갔을 때다. 어떤 노신사가 얼굴 가득 웃음을 피우고 양손 벌려 내게 다가오는 것이었다. 낯은 좀 익지만 이 분이 누군데 나를 이리 반기시지? 나도 어색한 양손 쳐들고 다가갔는데 어허라, 그는 나를 지나쳐 내 뒷사람을 덥석 껴안는 게 아닌가. 몹시 무안해진 나는 빠른 걸음으로 그 자릴 벗어났지만 낯선 기척이 자꾸 따라붙는 것 같았다. 한참 가다가 뒤돌아보니 가만히 선 그가 훤한 웃음 물고 나를 배웅하고 있었다. 귓등이 참 따뜻해졌다. 낯선 이에게 등 보이고 돌아서면서 평화를 느낀 건 그때가 처음이다.

구럼비 신화

속 쓰려 해장 라면을 끓인다.

쓰리고 아픈 구럼비를 넣고 끓인다.

폭약으로 무너진 구럼비의 염원을 넣고 끓인다.

내 몸에서 구럼비는 라면을 에너지 삼아 다시 몇억 년을 살아가리라.

애초부터 구럼비는 지구의 기억 아니었던가.

펄떡이고 쿨럭이는 심장 아니었던가.

터뜨리고 망가뜨려도 구럼비는 자진하지 않는다.

그리하여 나는 다시 벅찬 라면을 끓인다.

해장을 넘고 소멸을 넘는 구럼비 라면을 끓인다.

마그마처럼 끓는 라면 속에서 구럼비는 말한다.

“천천히 식혀가며 드세요. 오래오래 보고 살게요” 하고.

이 청유형은 얼마나 뜨겁고 감동적인가.

오래오래 함께 살자고 나는 구럼비를 삼킨다.

부글부글 끓는 라면의 힘으로 내가 나를 낳고 또 나를 낳을 때

구럼비도 또 다른 구럼비를 낳고 낳을 것이다.

오래오래 보고 살자며 지구는 낳고 또 낳을 것이다.

제3의 인류

바위에 붙어 있는 어린나무에 물이 올랐습니다.
아마도 그것은 바위의 몸부림일 겁니다.
애초에 나무는 아무런 희망이 없었습니다.
핵폭풍 후 뿌리는 말라비틀어진 채 불거졌고
시든 가지는 축 늘어져 있었습니다.
그때 몸 틀어 나무를 깨운 바위가
몸 안에 고인 억겁의 물을 게워주었습니다.
나무는 제 몸처럼 바위를 붙잡고
여린 숨을 내쉬더니 살며시 눈을 떴습니다.
앙증맞게 잎을 틔우고 태양빛을 받아먹고
뿌리를 든든히 뻗어 바위를 깊이 껴안았습니다.
나무의 입김으로 부드러워진 바위는
나무의 뿌리를 칭칭 두르고 몸피를 키워갔습니다.
그리하여 무엇이 나무이고 무엇이 바위인지
도무지 알 수 없을 만큼 둘은 붙어버렸습니다.
나무는 나무이면서 바위이고
바위는 바위이면서 나무이게 된 것이지요.
나무바위이자 바위나무는 그렇게 서 있게 되었는데요.

바람이 전하는 말에 따르면 여기에서
태초의 남녀가 튀어나왔다고 하지요, 아마.

소한小寒

눈이 무섭게 내린다.
어쩔 수 없는 내력이지만
안타까운 등이 떨린다.
얼마 만에 오는 객이신데
이렇게 첩첩 막아선단 말인가.
솟구쳐오는 그일 맞으러
신열이 들끓는다.
아하, 마침내 저기
느릿느릿 손님이 온다.
시공을 섞어놓는 혼몽도
기꺼이 용서하리.
까맣게 내리는 눈을
그와 함께 덮는다.
초조가 평형을 깨고
펑펑,
적막을 열어젖힌다.
가쁜 혼설이 빌려는다.
제대로 뜨겁다.

앞일은 알 수 없다지만

이제 난 누굴 이룰까.

금강

눈동자가 썩은 사람들이
거대 로봇을 끌고 나와 강을 밀어붙인다.
강이 쓰러졌다.
살과 뼈가 문드러진 버드나무와 갈대와 물풀들이
최후의 숨결 거칠게 몰아쉬고 있다.
마침내 목쉰 철새들의 이동이 시작되고
맥 빠진 노을도 꼬리를 물었다.
가쁜 호흡 내뱉는 잉어 주둥이 핥아주던 바람조차
두터운 녹조 속으로 미끄러졌다.
이제 금강모치도 목숨을 걸어야 할 때가 되었으나,
새가 되어 날아갈밖에는 딴 도리가 없을 것 같다.

일요일이에요

일요일이에요.
일요일은 한정없이 느려지는 날.
점심은 어떻게 내올까요.
냄새나는 타성을 삶을까요.
차가운 무관심을 비빌까요.
공기에 떠도는 암모니아는 지겹고요.
수북이 부어주는 미세먼지도 사절입니다.
차라리 밍밍한 졸음이나 들이켤까요.
조금은 가벼워도 되겠지요.
눈부시게 퍼지는 햇살국수는 어때요.
먹어도 먹어도 배고프지요.
한 주 내내 굶고 굶은 요제프*처럼.
봄날인데도 등은 시렵고 몽환은 시큼해요.
내일이 과연 올까요.
미칠 것 같은 월요일이요.
자고 나도 일요일, 눈뜰 때마다 일요일인데요.
오늘마다 새로이 한가합니다.
룰루랄라, 지루할 틈이 없다니까요.

뭘 할지, 뭘 먹어야 할지 선택하지요.

자, 그럼 다시 일요일에 만날까요.

도대체 무슨 일요일이냐구요.

너무나 잘 아실 텐데요.

이 일요일은 당신이 그토록이나 바라던

바로 그 행성이니까요.

* 요제프 : 헝가리 시인 아틸라 요제프(Attila Józef)를 말함. 그의 시 「칠 일 동안」 마지막 행은, "친구여, 나는 한 주 내내 아무것도 먹지 못했다"로 끝난다.

나비효과

—조향미 시에 기대어

조향미 시집 『봄 꿈』 펼치는데 이런 쪽지가 껴 있습니다.

"책을 내고 나서 보니,

'이 가을' 마지막 구절이 거슬려 지웠습니다. ^^"

어라, 왜지? 호기심과 염결성을 궁굴리며 「이 가을」이란 시부터 먼저 읽게 되었는데요. 어쩌지요, 이 시의 마지막 구절이 못 견디게 궁금한 거예요. 참다 참다 못 버티고 시집 들어 햇살에 비췄지요. 화이트는 날아가고 지문 같은 글자들 배어 나오는데요. 거기 글쎄, 가을을 뒤집고 땡감 같은 제 봄 꿈들이 어른어른 펼쳐지지 않겠어요. 채 익지 않아 버려둔 시구들이 기구함을 털면서 튀어나왔어요. 한 줄이 지워져 또 다른 시 줄들을 끌어들인 것이지요. 수많은 나비들이 때아닌 흰눈 속을 펄럭펄럭 날아다니는 중입니다.

가만히 있지 말아라

숨 가쁘게 기다리다 끝끝내 접히고 만,
저 여리디여린 꽃잎들에게
무슨 말을 드려야 할까.
태초로 돌아가는 데도 말이 필요하다면
그중에 가장 선한 말을 골라
공손하게 바쳐 올리고 싶다.
그러나 아무리 궁리해도 나는
사랑한다 미안하다
미안하다 사랑한다
이보다 선한 말 찾을 수 없다.
어떤 말이 더 필요하랴.
이 통절함 담을 말 어찌 있으랴.
새벽까지 뒤척이다 마당에 나와
팽목항 향해 나직나직 읊조린다.
사랑한다 미안하다
미안하다 사랑한다
동트기 전 대지에다 속삭인다.
얼마나 하찮은지 뻔히 알면서도

웅얼웅얼 여기저기 심는다.

불귀의 영혼들아, 사랑한다

내 속식임 듣고 싹 틔워라, 빌면서

거듭거듭 단단하게 심는다.

이제는 기다리지 말아라.

가만히 있지도 말아라.

너는 완전 자유다, 아이들아.

그러니 가만히 따르지 말고

다시 태어나라, 아이들아.

다시 돌아와 온전히 네 나라를 살아라.

너희가 꿈꾸던 그 나라를 살아라

사랑한다, 아이들아.

내 새깽이들아.

5부

흰, 신

내가 신을 신고 댕기는 줄 알았는디이.
어느 날 보니께 신이 나를 지고 다니는 거시여.
쉬는 참에 벗었는디 고것들 어깨에 핏물이 들었더라고.
평생 얼매나 무겁고 힘들었을까이.
여린 몸땡이로 신통히도 견뎠구나 싶더랑게.
그짝부텀여, 신고 벗고 할 적마다 신께 빌었제.
고맙구만이라, 오늘도 편허니 잘 살았십니다.

동네 초입에서 태워지는 흰 신,
할매 태우고 훌훌 승천 중이시다.

금동 아짐

금동 아짐은 오래전 적멸에 드셨는데
밤새도록 누가 저 빈집
안방에서 두런거리고 있어요.
새벽녘에 누구신가 들여다봤지요.
청죽 한 쌍 서서 누워서는
얽혀 비벼대며 달달한 정절,
은근히 태우고 있는 거예요.
모르는 척 다가가 돌쩌귀 망가진
안방문 조심스레 여며주었지요.
청상으로 수절하신 금동 아짐 저렇듯
푸른 몸으로 여기 오셨구나.
제 목례에 빈집이 흔들립니다.

손

텅 빈 손. 잘라버리고 싶은 손. 이 손 잡고 있던 친군 어디로 갔나. 감촉만 살아 있네. 숨결도 없이 입김도 없이 촉감만 붙들고 있네. 이 손을 어떡하나. 떨어진 손. 굳게 쥘수록 헤매는 손. 손을 보내야 하네. 움츠리는 손. 누구에게도 내밀 수 없는 손. 밤마다 혼자 떠도는 손. 손을 버려야 하네. 경악에 채인 손. 뼈만 남은 손. 바다에 갔으나 빠뜨리지 못했네. 빈소에도 떼놓지 못했네. 그날에 멈춘 손. 이 손. 꼭 잡아라, 꼭. 허공만 움켜쥐는 손. 한꺼번에 평생을 살은 손. 네 손, 내 손.

찔레꽃이 저문다

저 건너에서 한 사람 불러내라고 하면
누굴 꼽아야 할까.
어머니나 아버지? 아니면 할머니?
하지만 오늘밤 나는 불경스럽게도
저 곽산 떠도는 소월을 모셔와서는,
새로 나온 정미조의 개여울이나
실실, 함께 따라 부르고 싶다.
그런 다음에는 뭘 할 거냐고?
글쎄, 무슨 거창한 계획은 없다.
그냥 가만히 그이의 손바닥 쓰다듬으며
그의 목숨에 찰랑거리는 물음들,
들여다보는 것만으로도 족하지 않을까.

그런 밤이다.
찔레꽃이 와락 찾아와서는
한참을 숨죽여 흐느끼다 돌아갔다.

우리 눈에는 안 보이고 그의 눈에만 보이는 그것

그것은 찰나처럼 왔다. 그가 막 지하도를 들어섰을 때 웬 할머니의 머리 위에 둥싯 떠 있었다. 그는 착시인 줄 알고 눈 비비고 지나쳤다. 그것은 지하철을 내려 지상에 나왔을 때 더 또렷해졌다. 깃털인가 하니 검불 같기도 했다. 허름한 사람들 머리 위나 어깨를 타고 다녔다. 그것이 지나치면 사람들 표정은 문득 밝아지고 의기양양해졌다. 몸이 둥실 떠오르는 것처럼도 보였다. 아 참 따스하다, 봄볕 맞듯 부신 눈으로 사람들은 말했다. 어제 그는 집 앞에서 앞집 아이 손등에 머무는 그것을 보았다. 그는 오랫동안 앓아온 그 아일 가만히 보듬어 주었다. 아이에게서는 슬픔 같기도 하고 아쉬움 같기도 한 떨림이 묻어 나왔다. 오늘 아침 통곡 소릴 뒤로 하고 멀쩡해진 아이가 둥실 하늘을 떠갔다. 그는 보이지 않는 손 들어 토닥토닥, 아이의 등 흐릿해질 때까지 다독거렸다.

제기동祭基洞

버스 정류장 의자에 오래된 여자 운동화
한 쌍 가만히 앉아 쉬고 계십니다.
잠시 누군가를 기다리는 것만 같습니다.
나도 그 옆에 앉아 함께 머무르면서
흘깃흘깃 운동화를 내려다보고 또 내려다봅니다.

한 십 분 기다려도 버스는 오지 않고
그 누군가도 아무런 기척이 없습니다.
기다림 서로 기댄 채 가만가만 만지작거립니다.
얇은 스타킹이 운동화 속에 똘똘 뭉쳐 있습니다.
그 여자는 어쩌면 천사였을까요.
지상의 허물 벗고 승천했을까요.

눈 감고 그려보는데 바람이 은밀하게 귓전을 달굽니다.
임자 없는 신발은 귀신들 것이에요.
지상에 다시 내리고자 하는 수많은 헛것들이 신어보고
또 신어보고 하지요.
발 크기 딱 맞으면 그 사람 하늘 가고 귀신이 대신 몸을 얻는답니다.

그러니 얼마나 많은 귀신들이 어젯밤,
없는 발 동동거리며 신어보고 신어보고 했을까요.

마당 길게 늘인 봄밤

동네 들머리 정지남 터 들어서자 들립니다.
아야, 우아宇兒야! 밥 먹어라.
내내 그 소리가 환청인 줄 알았으나,
아닙니다. 분명하게 들립니다.
절로 빨라진 발걸음은 부름을 따라 내달려
허물어진 우리 집 들어섭니다.
여기서도 아야, 저기서도 아야,
메아리라도 띄웠을까요. 반갑게들 맞으십니다.
내 몸에 남은 자취들도 뿜어져 나와
빈집에 가득 녹녹하게 퍼집니다.
낯익은 충만이 이울기 전에
서둘러 숯불 피워 고기 굽습니다.
자, 이제는 제가 그분들 불러내야겠지요.
어여 나와서 좀 잡수세요. 어여.
그러자, 슬슬슬 투명을 벗고
숯불고기 한 점씩 집어 드는 마당가.
대나무는 서로 수군거리고
울에 기댄 완두콩도 키득거립니다.

누가 있어 이 지경을 가르겠습니까.
별 깊을수록 실로 뚜렷해지는 저이들.
마당 길게 늘인 봄밤을 맛있게도 드십니다.

마지막 밥은 노래로

—은명에게

내 귀가 성급하게 레퀴엠으로 스며들 때,

아파트 사방 막힌 델 넘어 큰 벌이 날아들었다.

놈은 훌쩍 튀어 거실 등 안에 기어들더니 꼼짝 않는다.

내쫓으려 파리채 들고 위협하다가 멈칫거린다.

살지 못할 데라 여기면 어련히 나가지 않겠소.

낮익은 목소리에 실려 쿵,

갈변의 말 하나가 떨어진다.

기별, 기별이다. 오늘은 은명이 발인.

저 너머로 가기 전, 내게 머물러 왔는가.

이것이 그의 마지막 유숙인가.

시 청탁에 응하지 못한 그 나름의 답변인가.

처음에는 벌이어서 약간 두려웠으나

파리가 아니라 벌이라는 점에 안도한다.

나비보다도 낫다. 나비는 너무 가볍지 않은가.

명은 좀 세질 필요가 있다.

그곳에서야 침 꽂을 일 없겠지만

또 모를 일이다. 거기서는 붕붕 좀 날래지고

궁둥이도 분명 빵빵하게 부풀릴 것이다.

그러니 안심해도 된다고 명은 이르는 겐가.
거실 등 속에 있던 벌이 웅웅거린다.
나는 레퀴엠은 집고 김추자의 아침을 불러들인다.
이 발랄한 율동의 아침을 언제나 기억하라.
이 노래가 너와 나누는 이승의 마지막 밥일 것이다.
서둘러 우주로 돌아가는 길,
이 밥 먹고 너는 이제 하염없이 즐거워져라.

* 송은명 시인에게 2013년 『내일을 여는 작가』 상반기 호 신작시를 청탁했으나, 그는 이에 응하지 못하고 유명을 달리했다. 20여 년만의 청탁이 너무나 늦었다. 하여, 그에게 청탁했던 정우영이 그를 대신하여 추모하는 마음 한 자락을 그 지면에 올려놓았다. 그의 평안을 빈다.

광 그늘

안 선생이 광문에서 저승 가는 글자들
이승 쪽으로 붙들고 있다.
너무 오래 참았다는 듯 글자들은
허공 속으로 스며드는 중이다.
아버지 생전에는 영험했을 것이다.
나도 안 선생처럼 삭아가는 글자
몇 자락 사알살 집어 올린다.
지방 태울 적에 나풀거리는
잿빛 문자들처럼 흐느적인다.
남은 글자들 긁어내리자 되았어, 되았어
떨어지며 순식간에 바래간다.
아무런 미련 없어 보인다.
뜬금없이 다급해진 내가 외친다.
안 돼요, 안 돼.
오래 묵은 설움 같은 게 터져 나오는데
어허, 저분들은 또 누구신가.
차츰차츰 허물어지는 광 그늘 속으로
아버지와 그 아버지와 또 그 아버지들이

스스스 돌아가고 계신다.

더운 밥

그럴 수 없다는 걸 알면서도,
파편처럼 찢긴 목숨들 육십사 미터를 되튀어
다시 제자리에 머문다.
여전히 흔들리는 엉성한 받침대를 떠나
간들간들 허공 밟고 서 있다.
치뜬 눈 벌겋게 유리창 물들이면서 매달려 있다.
이렇게 가서는 안 된다는 걸 그들도 아는 것이다.
식구들 어느 누구도 보낼 채빌 하지 못했다.
그들은 선뜻 물리物理 거스르고
시간 되물리면서 그 자리 굳세게 버틴다.
식구들 눈물 콧물 쏟으며 현장으로 달려오는 시각,
못 이기는 척 떨어져 제 몸속으로 들어갈 것이다.
이런 게 밥이다.
밥은 이렇게 완성된다.
나와 너의 밥은 누군가의 목숨으로 따뜻하다.
김 씨와 이 씨와 정 씨는
그렇게 절명하면서 더운 밥 나눠주고 갔다.

팽목항

야위어 밭은목을 놓아
물의 문을 밀었다.

고창석 님 조은화 님 이영숙 님 허다윤 님
권혁규 님 권재근 님 남현철 님 박영인 님 양승진 님
여깁니다. 이리로 돌아오세요.

물에게 안테나 달아놓자
저녁놀이 뜨겁게 타올랐다.
부르튼 입술 같았다.

물의 촉수 바닥까지 펼쳐
다만 한 음절의 말이라도
소환하고 싶었다.

창졸간의 소멸 거부하고
저 경계에서 놀 켜든 사람들

위하여.

* 애초에는 열 분을 호명했으나 황지현 님이 응답하고 돌아왔으므로 그 자리는 비워둡니다. 아홉 분들마저 다 돌아오시면 이 시는 소멸됩니다.

** 세월호가 물에 올라온 뒤 네 분이 돌아왔으나 다섯 분은 여전히 미귀가 상태입니다. 이 분들마저 다 돌아와 이 시가 소멸되길 진심으로 바랍니다.

상향尙饗

당신 정말 이상해.

이런 그늘은 도대체 어디서 묻혀 오는 거야.

딴생각에 잠겨 있다 깨나기만 하면

아내는 그늘 탐색을 입에 달았다.

그때마다 몸 탈탈 털어보는 것이지만

머리에서 발끝까지 그늘 한 톨 찾지 못했다.

어느 날인가는 습습한 이끼까지 끌고 왔다고 타박이었다.

그런데 참 아내만 이상타 할 수도 없는 것이,

눅눅한 지하실 냄새난다며 딸도 얼굴 찡그렸던 것이다.

심지어는 낯모르는 사람도 그늘을 읽고 가곤 했다.

지난해에는 길을 걷다가 혀 차는 할머니로부터

그늘 닦으라고, 물티슈 건네받은 적도 있다.

잠깐 졸다 눈뜨니 그늘이 한가득 슬어 있다.

그는 해마다 무슨 마실을 다녀오는 것일까.

발문

몸의 신호를 넘는 마음의 신호

—『활에 기대다』에 대한 몇 가지 생각

강형철(시인)

1.

만난 지 오래되면 평소에는 상호 간에 아무런 느낌이 없다. 살면서 이루어진 일들이 그 안에 빼곡해서 둘의 실체를 마주할 일이 별로 없기 때문이다. 아니, 일이 대신한다고 할 수 있겠다. 그러므로 둘 사이에는 이런저런 일들이 무심하게 걸쳐 있을 따름이다. 정우영 시인이 네 번째 시집을 낸다며 이번에는 뭐라도 써야 한다고 했을 때 '알았다'고 말했고 그러면서 그동안 진 신세를 어떻게 갚지 하는 생각만 있었을 뿐이다.

그러나 막상 시집 원고를 받고 이 일이 예삿일이 아닌 것을 안 것은 채 몇 편 읽지 않았을 무렵이다. 익히 알았던 후배이며 오래 그렇게 문학판에 30여 년 같이 지내다 보니 이제는 막역한 동료가 된 사람이 실제로는 멀고 먼 나라로 이주해서 새로운 나라를 이루고 있음을 깨달았기 때문이다. 문학적 도반이 전해주는 신선한 충격이 이런 것은 아닐까 동시에 생각했다.

시인이 『마른 것들은 제 속으로 젖는다』(문학동네, 1996), 『집이 떠나갔다』(창비, 2005), 『살구꽃 그림자』(실천문학사, 2010)를 내면서 궁리해온 것들이 숙성을 거듭하여 이제는 완성판에 가깝게 이르렀다고 생각했다. 세상으로 한 발 한 발 나아가서 이제는 세계의 궁극을 묻는 시집! 이것이 이번 시집 원고를 접하면서 느낀 내 전체적인 소감이다.

2.

『마른 것들은 제 속으로 젖는다』는 《민중시》로 데뷔하고 나서 9년 만에 낸 시집이다. 1980년대의 포연이 채 사라지지 않은 생생한 민중 현실의 숨결이 깃들어 있었다. 그 시집에서 정우영은 당시의 민족·민중운동에 동의하면서 거기에 복무하는 모습을 보여주었다. 그러나 태생적 성실성으로 자신이 직접 경험한 세계로 한정해 조심스럽게 나아가는 과정에서 그의 시와 세상의 틈이 서로 버성기고 있다는 느낌을 지울 수 없었다. 더 정확히 말하면 시 속에서 시인과 화자가 완벽하게 어울리지 못하고 있다는 생각을 거둘 수가 없었다. 물론 이것은 정우영 시인 혼자만의 것이 아니라 당시 민중시 일반이 지니는 서툰 진실성의 또 다른 면모이기도 했다.

> 눈물 칼칼한 그리움으로, 그리움 너머 뿌듯한 반가움으로 일 년에 한 번씩 너는 다녀가지만 (…) 써빠지게 키운 배추포기를 그대로 썩혔던 가슴에 인삼 재배니 버섯 재배니 영농 후계자니 끝내 빈말이 되고 마는 쓸데없는 유식을 새기지 마라. 빚내서 객토하는 삼식이 양반의 저 마른 어깨도 실은 안쓰런 땅을 향해 드리는 마지막 보답이다.
>
> —「친구—전라선 2」 부분

데뷔작 중 「전라선」 연작에서 보듯 그는 사회과학적 관점에서 전체 민중의 주요 세력인 농민을 이야기하고 있다. 그런데 그 농민의 주장이 당시 전체 민중운동의 직접적 주장을 반영하듯 씌어지고 있었다. 그래서 당시 농민운동의 얘기를 그대로 반영하는 주관적 외침에 더 가까웠다. 거기에 더하여 "눈물 칼칼한 그리움"이나 "그리움 너머 뿌듯한 반가움"에서 보듯 정서적 치장이 서로 어울리지 않게 더해져 당시의 민중 현실과는 유리된 측면이 없지 않았다.

그러나 세 번째 시집 『살구꽃 그림자』에서는 첫 시집에서 보여주었던 민중적 삶에 대한 연대가 일상의 삶으로 옮겨졌으되 시적 주체가 시인의 삶 안에 온전히 일체화되면서 훨씬 그 진실성이 도드라진다. 민중 정서는 한층 원숙한 경지를 이루어 주변의 사물과도 적실하게 결합되어 있다.

> 갈담장날 차부 뒤켠 장터에 갔더니 싱싱한 물건들은 다 자리를 뜨고 늙수그레한 무말랭이와 물색없는 오지그릇 두엇이 남아서 쨍쨍한 대낮에 권커니 자커니 탁배기를 비우고 있었다. 오수장서 들었는디 말여요이, 에프텐*인가 하는 무시무시한 미국놈이 곧 우리나랄 쳐들어온다등만요. 오지그릇이 떠벌이자, 그려? 오살헐 놈들이 우릴 다 줘일랑개비네. 앞날이 폭폭하다는 듯 낯빛을 찡그리면서도 탁배기를 털어넣는 무말랭이의 손길은 몹시 바빴다.
>
> *에프티에이(FTA). 자유무역협정.
>
> —「갈담장」 전문

그의 고향에 서는 '갈담장'을 그리고 있는 이 시는 "무말랭이"로 상징되는 물기 빠진 사람과 "오지그릇"을 닮은 어떤 사람이 탁배기를 비우며 한미 자유무역협정을 말하는 풍경을 그리고 있다. 시 자체로는 "무말랭이"가 "오지그릇"에게 말하는 형식을 취함으로써 사물화된 농민을 보여주고 있지만, 이 시가 진정으로 말하는 것은 그 물화된 주체가 한미 자유무역협정의 본질을 꿰뚫어 보고 거기에 주체적으로 대응하는 모습을 보여준다는 점이다. 첫 시집에서 보여주던 시적 주체와는 확연히 다른 모습을 확보하여 시적 리얼리티는 더 충실해진 것이다.

첫 번째 시집과 세 번째 시집 사이에 12년의 세월이 지나갔지만 생각해보면 참으로 가파른 세월이 아니었나 싶다. 실로 그 세월 속에는 여러 가지 복합적인 체험이 뒤엉켜 있다. 그러한 전체 현실에 정우영은 늘 그래왔듯이 차분하게 자신의 삶을 시로 옮기고, 옮긴 시만큼 살려고 노력했다. 그리하여 시는 원숙해졌으되 알고 보면 개인적 삶은 한층 복잡한 지점을 통과해온 것이다.

실제로 삶을 살아가는 주체의 입장에서 보자면 아무리 민중운동이 중요하다 해도 그가 인간인 한 자본주의사회에게 할당된 삶을 산다. 정우영의 경우 자신의 노동을 팔기 위해 출판사 이곳저곳을 거치면서 살아가는가 하면 한 아이의 아버지로 나름 힘겨운 세월을 살기도 했고 때로 실직의 시간을 겪기도 했다.

그러다가 그의 성실하고 꼼꼼한 일 처리 능력에 걸맞게 문학예술인들을 돕는 공적인 일을 임시로 부여받아 지내게 되었다. 그 공적인 일에는 이른바 정권의 교체와 이에 따른 갖가지 의외의 일들이 생겼고 그 과정에서 예기치 않은 곤혹과 무력감에 조우하게도 된다. 좋은 시혼은 그런 과정을 거치면서 더욱 다듬어진다는 말이 있는데 바로 그런 경우를 정우영 시는 보여주었고 그런 한 증좌가 앞에서 본 시다.

나는 이런 모습을 보면서 그의 시가 원숙해지고 한층 깊어지면서 이제 어디로 갈 것인가 궁금하기는 하였으되 그렇다고 그 모습에 크게 마음을 두었던 것은 아니다. 챙기거나 혹은 잊거나 하면서 각자에게 주어진 몫의 삶을 산 셈이다. 그런데 2010년경에 시인의 삶에 한 획을 긋는 사건이 벌어진다. 자신의 몸에 이상을 느낀 것, 아니 몸에 이상이 생겼다는 것을 알게 된 것이다.

호남선 고속버스터미널에서 그를 만났을 때 조금 뭔가 이상하다고 느꼈지만 모른 체했다. 가까운 찻집에 갔을 때 그는 내게 병원에서 들은 내용을 말했고 나는 짐짓 별일 아니라는 태도로 한 마디 했다. "이제 시인으로 제대로 서지 않으면 안 되게 됐네 그려. 목숨을 걸고 시를 쓰는 일이 정우영의 인생 앞에 남았네"라고 터무니없는 수작을 늘어놓았다.

그 자리에서 나는 야간대학에 입학해서 처음으로 읽었던 빅터 프랭클Viktor Frankl의 『죽음의 수용소에서』를 거론하기도 했다. 그 책의 뒤쪽에 있던 니체Friedrich Nietzsche의, '인간은 자기의 사명이 다하는 날까지 죽지 않는다'는 말을 인용하면서 우리가 유물론자라고 생각하지만 때로 관념적인 말에서도 큰 힘을 얻는다고 말했던 것 같다. 앞으로는, 시를 힘껏 쓸 기회를 잡았다고 생각하면서 활동을 좀 정돈하자

고도 했던가!

그 이후 자신이 마주하는 동료들의 시에 대한 글들을 몇 군데 지면을 얻어 집필하고 별도로 책을 낼 만큼 많은 활동을 하면서 시인의 몸에 온 불편한 손님과 잘 지내나 싶었는데 그 좋은 시간을 멈추게 한 사태가 벌어졌다. 한국작가회의 사무총장직이다. 우리식으로 말하면 공무에 재차 복무할 기회가 주어진 것이다. 나는 내심 맡지 않는 것이 몸에도 좋고 정신에도 좋을 것 같아, 제일 중요한 게 당신의 몸이니 잘 생각해보라고 권유했다.

그런지 얼마 후에 그는 일을 맡아 하는 게 일정 부분 긴장도 되고 마음도 편할 것 같다는 의지를 표명했다. 작가회의 사무총장이라는 자리가 본인 의사대로만 되는 게 아님은 물론이라, 적절한 절차 끝에 정 시인은 사무총장직을 수행하게 되었다.

박근혜 정권 아래 이런저런 일이 생기면서, 특히 세월호 참사가 터지면서 작가회의는 다시 세상의 불행에 적극 대응하여 싸워나가는 전위의 역할도 해야 했으며 조직을 급격하게 재조정할 수밖에 없기도 했다. 작가회의 사무총장으로 일하는 동안 잘한 일도 있고 부족한 점도 있었겠지만 나는 솔직히 말해서 적당히 하고 몸이 상하지 않았으면 좋겠다는 생각으로 무심한 척 보냈다. 그런 와중에 그 때 일들은 자신에게는 그야말로 목숨을 걸고(?) 하는 일이어서 자연히 생기는 조바심이 일부 회원들에겐 '완장 찼나' 하는 눈총을 받기도 하겠다 싶은, 걱정스러운 때도 있었다. 아무튼 정시인은 작가회의 사무총장직을 나름 성실하게 수행했고 임기를 무사히 마쳤다. 끝나고 병원 침대에 누워 별스런 조치를 받아야 했지만.

언젠가 나는 정 시인에게 나에 대해 원망이 없느냐고 물은 적이 있다. 사실 80년대 초 상도동 '다형문학회'에서 처음 만났을 때, 그리고 그가 졸업 후 교사직을 준비하고 있을 때에 그와 나의 인연이 없었다면 그의 동기생들이 그랬던 것처럼 그는 좋은 교사가 되어 안온한 생활을 꾸리고 있을 터였다. 그는 그만큼 모범적이고 단정했다.

그런 그를, 내가 일하던 출판사에 교정을 핑계로 끌어들였다. 그 일은 이후 그가 출판계에 들어서는 계기가 됐을 뿐만 아니라 1989년에는 《노동해방문학》 창간 작업에 한 몫하는 일로도 이어졌다. 그곳에서도 그는 잡지의 제작에 관한 능력을 인정받아 소위 바람 잘 날 없는 시기를 보내게 되었다. 거두절미하면, 그를 혼돈 속으로 끌어넣은 장본인이 나였던 것이다.

어찌됐든 그 일 이래로 작가회의 일이나 문예진흥원 일에도 그를 추천하여 일을 맡도록 했는데 대개의 경우 정확하게, 그리고 가능한 한 주변 사람들 모두에게 신임을 얻을 만큼 잘했던 것으로 기억한다. 그러면서도 그를 아프도록 조

장한 게 나라는 자책이 없지 않았으나, 그는《노동해방문학》일을 하면서 지금의 아내를 만났고 아이도 얻어 행복하다며 웃어 넘겼다. '나도 그게 좋으니까 했지 싫으면 했겠느냐'며 도리어 나에게 고맙다고, 나의 미안함을 위로(?)해주기도 했다.

3.

그렇게 작가회의 일도 마치고 3년이 돼가는 시기에 불쑥 내민 게 이번 시집이다. 물론 그 사이에 그의 몸에도 이상 징후가 몇 차례 왔고 그때마다 잘 수습되었다고 걱정 말라는 말도 듣기는 했다.

그러나 다시 생각해보면, 내 몸 밖의 몸인데 그의 몸에 대하여 얼마나 간절하게 걱정하고 관심을 줄 수 있었을 것인가. 더 솔직하게 말하면 무심하게 지냈다고 하는 편이 맞을 것이다. 그런 점에서 내가 보인 무심함에 반성한다는 의미로 그가 이번 시집에 대해 뭔가 써야 한다고 했을 때 두말없이 그러마고 원고를 덜컥 받은 것이다.

그런데 앞서 말한 바와 같이 나는 당황했다. 시의 주제가 한 방향으로 나 있는 것처럼 보였기 때문이다. 죽음이다. 죽음과 함께 자신이 사는 동네의 이름부터 시작하여 서울 살이 전체는 물론 자신의 고향과 사람들, 나아가 친구와 동료 등을 호출하고 그 전에 헤아리지 못했던 죽음의 의미를 천착하는 일에 몰두하고 있기 때문이다.

낯설었다. 그러면서도 은근히 부아가 치밀었다. 그렇게 조심했는데도 몸이라는 것이 마음을 따라주지 않았단 말인가라는 생명 체계 전체에 대한 어쩔 수 없는 원망이 내 마음 밑바닥에서 작동한 것이겠지만 그 원망과는 생뚱맞게 또 다른 생각들이 솟구쳤다. '자기가 뭐 얼마나 살았다고 죽음이 어떻고 저떻고 한단 말인가'라는 억하심정이 그것이다. 하지만 동시에 몸이 아프다고 하더니 그게 혹 대단하게 탈이 난 건 아닌가 하는 복합적이며 근원적인 걱정도 동시에 얽혀 일어났다.

물론, 거기에는 내 자신의 어떤 고정관념도 작용했던 것 같다. 정직하게 말해서 나는 죽음 운운하는 시나 말을 별로 신뢰하지 않는다. 죽음의 추체험이란 말을 모르는 바 아니지만 대개는 관념 놀이에 지나지 않았던 경우가 너무 많았기 때문이다. 기실 나 자신도 죽음이니 어쩌니 하는 말들은 한가한 자들이나, 사는 데 여유가 있는 사람들이 하는 것쯤으로 치부하고 살아왔다고 할 수 있다. 공자도, '아직 삶도 모르는데 죽음을 어찌 알까'라고 말하지 않았던가.

그러나 정우영의 시 속에서 죽음의 문제는 그런 류의 것이 아니었다. 한마디로 추상이 아니라 구상이었고 관념이 아니라 구체적 실감 속에 제시된 것이었다.

밤새도록 누가 저 빈집
안방에서 두런거리고 있어요.
새벽녘에 누구신가 들여다봤지요.
청죽 한 쌍 서서 누워서는
얽혀 비벼대며 달달한 정절,
은근히 태우고 있는 거예요.

—「금동 아침」 부분

내가 신을 신고 댕기는 줄 알았는디이.
어느 날 보니께 신이 나를 지고 다니는 거시여.
쉬는 참에 벗었는디 고것들 어깨에 핏물이 들었더라고.
평생 얼매나 무겁고 힘들었을까이.
여린 몸땡이로 신통히도 견뎠구나 싶더랑게.

—「흰, 신」 부분

안경다리가 하나 부러졌다.
다른 때 같으면 먼저 여분 안경 찾았을 것이나
어쩐지 그런 생각은 안 들고
다리 부러진 안경이 짠해지는 것이다.
부러진 다리와 다리 잃은 몸통

받쳐 들고 사뭇 경건해진다.

—「달리는 무어라 부를까」 부분

「금동 아짐」은 고향 동네에서 청상으로 수절하다 돌아가신 분에 대한 시인데 어느 날 고향에 갔다가 빈집에서 시인이 그 할머니를 만난 것을 그리고 있고, 「흰, 신」은 동네 초입에서 장례 날 태워지는 신과 할매의 일생을 함께 엮어 보여주고 있다. 할머니가 신에게 "고맙구만이라, 오늘도 편허니 잘 살았십니다"라고 말하는 점이 흥미롭다.

「달리는 무어라 부를까」에서는 일상생활에서 흔히 마주하는 풍경으로 '사물의 고장'에 대한 의미를 묻는 시다. 안경다리는 가끔 부러지는 것이고 그러면 우리는 다른 안경을 찾아 쓰면서 수명이 다한 안경을 밀쳐두면 그만이다. 그러나 시인은 그 부러진 안경다리를 보고 짠해져서 이 시를 쓴다.

앞의 두 시는 고향에서 이미 오래전에 돌아가신 분들의 이야기이고 뒤의 시는 일상의 이야기이다. 생활용품의 고장을 고장 난 도구로 생각하지 않고 유정한 사물로 대하고 거기에 의미를 부여하고 있다. 이들 시편에서 확인하는 것은 죽음에 대한 의식이 삶의 풍경과 멀지 않고 오히려 친숙하게 그려지고 있다는 점이다. 한편, 그의 또 다른 시들은 여기에 머물지 않는다.

동네 들머리 정지남 터 들어서자 들립니다.

아야, 우아宇兒야! 밥 먹어라.

내내 그 소리가 환청인 줄 알았으나,

아닙니다. 분명하게 들립니다.

절로 빨라진 발걸음은 부름을 따라 내달려

허물어진 우리 집 들어섭니다.

여기서도 아야, 저기서도 아야,

—「마당 길게 늘인 봄밤」 부분

버스 정류장 의자에 오래된 여자 운동화

한 쌍 가만히 앉아 쉬고 계십니다.

잠시 누군가를 기다리는 것만 같습니다.

나도 그 옆에 앉아 함께 머무르면서

흘깃흘깃 운동화를 내려다보고 또 내려다봅니다.

—「제기동祭基洞」 부분

이들 시편에서는 죽음이 오늘의 일상 속에 천연덕스럽게 들어와 있다. 「마당 길게 늘인 봄밤」은 고향인 전북 임실 청계리에 들어서면서 자신의 어린 시절을 떠올리는 이야기이다. 수구초심首丘初心이라는 말도 있거니와 어린 시절을 떠올리는 어조가 심상치 않다. 「제기동祭基洞」에서는 버스 정류장 의자에서 누군가 남겨놓은 신발을 보는데 그 신발은 뭔가 오싹한 느낌을 주고 있다. 그러나 이들 시의 뒤쪽을 보면 그냥 자연스럽게 하나의 평범한 풍경을 이루고 있다. 삶과 죽음이 완벽하게 넘나들고 또 화해하면서 동시에 서로가 서로를 껴안고 있는 것이다.

또 다른 시편(「마지막 밥은 노래로」)에서는 근래에 세상을 떠난 송은명 시인의 얘기를 하면서 시를 청탁했으나 응하지 않고 세상을 뜬 것에 비통해하기도 한다. 그런가 하면 2014년에 일어난 세월호 참사를 기억하기 위해 바다에서 아직 귀환하지 않은 사람들의 이름을 호명하고 최근에 돌아온 사람의 이름을 비워두는 특별한 시(「팽목항」)를 보여주기도 한다.

하나같이 이들 망자들이 지닌 원망과 비원을 상기하면서 죽은 자들의 해원을 기원하는 노래로 가득하다. 그 시편들 중에는 열 살 때 잃은 어머니를 그리워하는 시편(「생일은 어째서 익지 않을까」)도 있고, 음악을 들으며 포도 주스를 먹다가 포도알이 목에 걸려 경직되는 이야기도 있다.(「포도알이 시퍼렇게 경직되었다」) 이처럼 시집에 실린 시 전편이 자신과 우리의 주변에서 일어난 일들 속에서 죽음의 의미를 묻는 독특한 시집으로 읽힌다고 해도 될 만큼 도처에 죽음이 질편하다.

4.

그렇다면 이런 죽음에 대한 천착은 어디에서 끝이 날 것인가. 어린 시절 살았던 동네를 어슬렁거리며 이미 이 세상 사람이 아닌 그들을 구체적인 관계 속에서 만지고, 그곳에서 이루어졌던 어린 시절의 기억들을 통해 아버지도 어머니도 만나고 나면 그 끝은 어디일까? 돌아와 구체적으로 살고 있는 서울이라는 낯선 곳의 사물들과 동네 이름들에서 죽음의 기미를 불러 모으며 궁극적으로 도달한 곳은 어디일까? 나는 알 수 없다. 다만 한두 편의 시에서 그 뒷이야기의 암시를 전해 받을 뿐.

새벽에 아버지가 다녀가셨어요, 누님. 아무 말씀도 없이, 몸은 좀 어떠신가? 하는 눈빛 물고 계셨어요. 아버지의 낯선 존대가 맘에 걸려, 왜 그러세요, 아버지? 여쭙다가 잠 깨었지요. 아침 내내 꿈자릴 좇고 있다가 대보름 오곡밥상 받았어요. 저는 수저 한 쌍 더 상 위에 올려놓았지요. 밥 뜨느라 고개 숙이자 뜨거운 눈길 느껴졌어요. 아버지가 병든 아들에게 치유자처럼 기 쏟고 계시더군요. 기척 없이 아버진 흠향으로 대신하는데, 울컥 속이 뒤집혔어요. 꾹 눌러 참고 아버지 맛만 보신 오곡밥마저 다 비웠지요. 그러고는 아버지 사라지실까 저어하며 얼른 아버지께 더위 팔았어요. 아버지, 내 더위 사가세요. 내 더위, 아버지 더위 맞더위!

—「불효의 더위팔기」 부분

밥에게 면목이 없다.
헛된 궁리만 머릴 달군다.
방에 처박혀 얼굴 지우고
웅크린 채 굶는 중이나.
누가 내게로 와서 내 몸에 숨쉬는
한 톨의 농사 꺼내줄 수 없을까.
이러다간 밥과 나 사이에
거미줄이 쳐질지도 모를 일이다.
한때는 나도 꽤는 바지런했으나,
밀쳐지고 내몰리자 손이 발아졌다.
메마른 숨결 힘껏 짜내어
모처럼 시 한 줄을 말았다.
밥에게는 정녕코 미안한 노릇이나
이걸 밥값이라고 내어놓는다.
가난한 영혼은, 허기라도 끄시라.

—「밥값」 전문

앞의 시는 대보름날 오곡밥을 먹으며 아버지의 기척을 느끼다가 어린 시절 자신의 액을 땜하던 방식으로 아버지에게 더위를 파는 모습을 그리고 있다. 시의 뒤쪽에서 그 일이 무슨 의미인지 누님에게 고하는 방식으로 시를 맺는데, 시인은 이를 '불효자식의 더위팔기'라고 말한다. "나는 더위가 아니라 병을 팔았는지도 몰라요"라면서 이런 행위를 통해서라도 몸에 온 병을 팔고 "예닐곱 튼실한 아들"이나 "말짱한 몸으로 재롱 피우고" 싶었던 마음이 그런 행동을 했노라고.

그렇다면 그가 평소 별로 말하지 않았던 자신에게 찾아온 몸의 병을 얼마나 깊이 의식하고 있었는지를 보여주는 시로 볼 수 있지 않을까 싶다. 한국작가회의 일을 마치고 삼 년여 시간이 경과하는 동안 남모르게 다친 몸과 마음을 수습하면서 지냈을 세월이 어렴풋이 짐작되기도 한다. 동시에 어려운 일을 마치면서 그동안 당겨졌던 긴장을 놓으며 생기는 몸의 이상을 상당한 위기 속에서 대응하지 않았을까 하는 생각도 들었다.

그러나 그는 견뎌냈고 그 고투 끝에 이 시편들은 완성되었다. 「불효의 더위팔기」를 읽어보면, 자신이 이만큼 버티고 있는 것도 아버님을 비롯한 선조들의 도움이 있기 때문에 가능했다는 감사의 마음이 두드러진다. 물론 이것은 나의 섣부른 상상일지 모른다. 그러나 뒤편에 인용한 시 「밥값」을 볼 때 이런 짐작도 그리 허튼소리는 아니라고 여긴다.

자신의 삶이, 아니 목숨값이 실은 시 몇 편이라는 언명! 모든 것이 교환가치로 평가되는 세상에서 너무 철없는 결론이라고 말할 사람이 많은 세상이지만 좋은 시인이 할 수 있는 말은 이런 말 아니던가. "메마른 숨결 힘껏 짜내어/ 모처럼 시 한 줄을 말았다"는 말. 그러고 보면 이 시집은 시인 정우영이 자신에게 찾아온 병과 건강하게 싸우고 그 끝에서 간신히 그러나 단호하게 내놓는 최고의 답이라고 할 수 있을 것 같다.

그리하여 우리는 이제 정우영 시인이 얼마나 힘차게 이 많은 고뇌를 지나 새롭게 출발하는지, 이런 고투와 번민, 수많은 슬픔의 끝자리에서 다시 힘을 내어 어떻게 사람들과 함께 나서는지 다음의 시편들에서 공감하며 깨달을 수 있다. 「가만히 있지 말아라」, 「금강」, 「현묘한 고양이」 등이 그 작품들이다. 그러나 나는 이런 시편의 씩씩한 발언보다 정우영이라는 사람, 아니 정우영다운 시 한편을 읽으며 이 글을 맺고 싶다.

황사가 자욱이 깔리는
새해 아침,
조촐한 시야 밖으로
북소리 퍼진다.
소년은 간데없고
단출한 시구詩句만 남아서
작은 북 울린다.

따뜻하다.

가난을 넘어온 저 솔깃함.

올겨울은 외롭지 않겠다.

내용 없는 아름다움*이

어찌 따로 있을까.

설운 푸념도 기꺼이 꺼내 읽겠다.

낡은 바흐에 귀 기울이다

들여다보는 허름한 생의 등성이.

천진한 음표가 움트고 있다.

* 김종삼의 시 「북치는 소년」 첫 행에서 가져옴.

—「가난의 저 솔깃함」 전문

이 시에서 우선 마음을 끄는 것은 '가난의 저 솔깃함'이란 제목이다. 가난이 솔깃한 것이라니! 현실에서 가난은 무능이거나 실패로 간주된다. 가난이 사라지면서 가난 속에 존재했던 위엄과 아름다움도 사라졌다. '고매한 청빈'이란 말은 형용사가 잘못 쓰인 말로 치부되는 세상이다. 그런데 시인은 그 말을 제목으로 시를 쓰고 있다. 그가 쓴 것을 찬찬히 음미해보면 한마디로 정우영스럽다고 아니할 수 없다.

단정하고 성실한 시적 생애. 시와 삶이 서로 밀고 당기면서 시적 긴장을 충실하게 유지하고 있다. 그 몸부림과 견딤을 바탕으로 이룩된 그의 근원적 사유에 나는 일단 고개 숙인다. 그가 만들어 가는 '가난한 화원'에, 지금 우리가 살고 있는 세상, 우리 모두가 겪는 곤혹으로부터 벗어날 수 있는 묘리가 숨어 있을 것만 같다. "허름한 생의 등성이" 위, "천진한 음표" 속에 깃든 참으로 아름다운 시를 마음에 새긴다.

활에 기대다

초판 1쇄 발행 • 2018년 8월 27일

지은이 • 정우영
펴낸이 • 황규관

펴낸곳 • 반걸음
출판등록 • 2018년 3월 6일 제2018-000063호
주소 • 04149 서울시 마포구 대흥로 84-6, 302호
전화 • 02-848-3097
팩스 • 02-848-3094

디자인 • 정하연
인쇄 • 스크린그래픽

ISBN 979-11-963969-2-3 03810

* 반걸음은 삶창의 문학 전문 브랜드입니다.